# Le chevalier
# de Chambly

Nous accueillons avec plaisir tous les
visiteurs sur notre site, qu'ils soient de
Chambly ou d'ailleurs au :
www. soulieresediteur.com

Robert Soulières

# Le chevalier
# de Chambly

**SOULIÈRES** ÉDITEUR

case postale 36563 — 598, rue Victoria
Saint-Lambert (Québec) J4P 3S8

Soulières éditeur remercie le Conseil des Arts du Canada et la SODEC de l'aide accordée à son programme de publication et reconnaît l'aide financière du gouvernement du Canada par l'entremise du Programme d'Aide au Développement de l'Industrie de l'Édition (PADIÉ) pour ses activités d'édition. Soulières éditeur bénéficie également du Programme de crédit d'impôt pour l'édition de livres – Gestion Sodec – du gouvernement du Québec.

Dépôt légal: 2010
Bibliothèque nationale du Canada
Bibliothèque nationale du Québec

**Données de catalogage avant publication (Canada)**
Soulières, Robert
    Le chevalier de Chambly
    Éd. rev. et corr.
    (Collection Graffiti; 64)
    Éd. originale: Montréal: P. Tisseyre, 1992.
    Publ. à l'origine dans la coll.: Collection Papillon.
    Pour les jeunes de 11 ans et plus..

    IISBN  978-2-89607-125-8

    I. Titre.  II. Collection: Collection Graffiti ; 64.

PS8587.O927C44 2010   jC843'.54   C2010-941219-2PS9587.O927C44 2010

Illustration de la couverture :
Stéphane Jorisch

Conception graphique de la couverture :
Annie Pencrec'h

Copyright © Robert Soulières et Soulières éditeur
ISBN 978-2-89607-125-8
Tous droits réservés
58964
**Note**: Une première version, presque pareille, de ce fabuleux roman, est parue aux éditions Pierre Tisseyre en 1992. Ça fait un bail, mais c'est encore bon.

*À Colombe,*
*qui m'a redonné des ailes.*

**Ça commence bien, l'heure est mainte-
nant venue de choisir votre dédicace :**

À

_____

- ❑ En souvenir de ma visite inoubliable dans votre classe.
- ❑ Pour avoir obtenu les meilleures notes de toute l'école en 5ᵉ année.
- ❑ De son auteur préféré depuis toujours et pour toujours.
- ❑ Parce que personne ne voulait de ce livre lors du tirage en classe… alors, je me suis sacrifié-e.
- ❑ Qui est un-e vrai-e livromaniaque.
- ❑ Qui a trouvé ce roman au fond d'une poubelle à la cafétéria.
- ❑ Qui collectionne tous les romans de Robert Soulières.
- ❑ Qui m'a promis de lire ce roman jusqu'à la fin !

Amicalement et bonne lecture

*Robert Soulières*

robert soulières

# 1

## On a enlevé la princesse !

*Évidemment, avec un titre de chapitre comme ça, il n'est pas question de vous faire languir et de vous décrire le roi, la reine, le fou du roi, le château et ses cinquante-trois chambres, les donjons et tous les domestiques en les nommant un par un. Il faut donc entrer dans le vif du sujet comme on dit. Or donc :*

— On a enlevé la princesse ! On a enlevé la princesse ! crie le bouffon du roi.

Il est sept heures trente-deux du matin et la princesse Diana Longue Val Dulaclong (pour les besoins de la cause nous l'appellerons, à l'avenir, tout bonnement Diana), n'est plus dans son lit. Elle qui ne se lève que très rarement avant midi, c'est louche !

— On a enlevé la princesse ! répète le bouffon, horrifié.

*Eh bien ça, on commençait à le savoir !*

Dans la grande salle à manger royale, la nouvelle attriste tout le monde. Les murs sont tristes comme des pierres. Les serviteurs sont sidérés. Habituellement, ils sont loyaux, mais cette fois-ci, ils sont sidérés. Sidérés et silencieux devant la tristesse du roi et de la reine qui ont perdu l'appétit... et leur unique fille unique.

À petits pas, le bouffon s'amène.

— Votre Ma... Majesté, bafouille-t-il. On a trouvé un indice. Il s'agit en fait d'une lettre. L'enlèvement est signé. Mais c'est très mal écrit. De vraies pattes d'araignée. Il m'a fallu dix bonnes minutes pour comprendre son écriture[1]. C'est un coup de la sorcière Alice Maléfice.

— Qu'on me lise cette lettre immédiatement. Ah ! la vilaine, l'ignoble, l'immonde, la cruelle et... j'en passe.

Le fou du roi commence sa lecture :

*J'ai enlevé votre fille aaaahhhhh ! aaaahhhh !*
*La belle princesse aux cheveux d'or. Hihihihi !*
*Elle me servira de servante. Il y a tant à faire*

---

1. Mais, heureusement, j'ai retranscrit tout ça pour vous. Ciel que cet auteur est gentil et prévenant !

dans mon petit château. Elle me sera d'une aide précieuse. Le jour, je l'enfermerai dans ma tour infernale. Tandis que la nuit, je la ferai travailler. C'est le monde à l'envers, mais c'est le monde des sorcières. Aaaahhhhhhhaaaa ! Je n'ai pas enlevé votre fille pour ses beaux yeux bleus, oh ! que non ! Mais bien pour une rançon qui, selon mes récents calculs, se chiffre à 25 000 écus.

Vous me ferez porter cette somme en petite monnaie dans une valise noire. Vous la ferez déposer au pied du vieux chêne à l'orée de la forêt. Je veux cette somme avant minuit jeudi soir, le soir de l'épicerie ! Sinon... sinon, la princesse sera jetée dans la mare aux mille crapauds.

Alors, jeudi soir à minuit, ahahaha !

*Alice Maléfice*

— Qu'allons-nous faire, Votre Majesté ?

Un long sanglot parcourt la salle. C'est la reine. Elle ne peut contenir plus longtemps sa douleur. Le roi se tourne vers elle et l'embrasse tendrement sur le front.

— Pleurez ma très chère, pleurez, si cela peut vous faire verser quelques larmes.

— Je n'avais qu'elle ! sanglote la reine. Elle représente tout pour moi. C'est ma fille unique. Ma petite princesse à moi ! Je n'avais qu'elle...

Et le bouffon, qui a l'habitude de ne pas réfléchir, c'est son métier, ouvre sa grande bouche de métro pour dire :

— Ce n'est pas tout à fait exact, ma reine, vous avez encore deux chalets dans les Laurentides, douze automobiles, cinq motos, quatre jeux PlayStation, trois poussins, deux belettes et... une souris verte. Sans compter une villa sur la Méditerranée, deux cent trente-trois paires de souliers, une cavalerie qui vous adore, huit téléviseurs à écran plat et plasma, votre mère qui est en pleine forme et quoi encore ?...

— Cesse tes bouffonneries, bouffon bouffi, ce n'est ni l'heure ni l'endroit et encore moins le moment !

Et le bouffon bouffi retourne dans son donjon du silence pendant quelques secondes.

— Qu'allons-nous faire à présent ? se lamente la reine, complètement découragée par cet enlèvement.

— Il faut appeler les pompiers, propose le bouffon le plus sérieusement du monde.

— Mais non, on ne peut faire appel qu'à une seule personne, dit le roi fièrement. Elle seule peut sauver la princesse Diana.

— Batman ? répond le bouffon en appuyant sur un bouton imaginaire pour faire croire qu'il participe à un quiz.

— Mais non.

— Superman, alors ?

— Bouffon, tu es dans les patates !

— Je l'ai, le Pape Herman ?

— Pas du tout, mais pas du tout. Je vais te donner la réponse, car si je ne te la dis pas, tu seras encore ici demain soir en train de chercher. C'est, et j'ai nommé : *Le chevalier de Chambly,* le seul, l'unique, l'incroyable, l'incontournable, le formidable, l'inimitable, l'inoxydable, le valeureux qui va résoudre cette sale affaire.

— Mais ça va nous coûter un bras et une jambe ! souffle la reine.

— Je le sais fort bien, très chère, mais c'est la seule solution. Qu'on lui écrive tout de suite et qu'on le convoque à midi, demain, même heure, même poste. Je fais pleinement confiance au chevalier de Chambly.

Ce qui fut dit fut fait.

Évidemment, le bouffon, serviteur débrouillard entre tous, n'a pas utilisé la Poste Royale souvent en grève, mais plutôt le télécopieur. C'est tellement plus rapide et efficace. Et discret aussi. Et silencieux, de surcroît. Et économique en plus. Et pratique. Et léger. Et si mignon. Bon, assez de compliments pour une vulgaire machine !

Et devinez maintenant comment débutait le message envoyé au chevalier ?

Oui, exactement par ces mots : *On a enlevé la princesse !* Car Charles, le chevalier de Chambly, ne le savait pas encore.

# 2

Le chevalier arrive
sur un beau cheval blanc...
enfin presque blanc

— **Z**IPBIPBANGBOUNGBIDOUNGUE DAKLANGPLONGPENFRITFRITSCHLACK BIP ! C'est le dernier bip du télécopieur qui réveille le chevalier. Un chevalier est toujours en mission et, par conséquent, il a le sommeil léger.

Le chevalier de Chambly, les yeux pochés, les cheveux en bataille, la mine qui ressemble à celle d'un bouledogue, se lève d'un bond. Mettons deux. Et il se rend au télécopieur. Le message qu'il voit est tout embrouillé. La soirée a été dure et la nuit très courte. Bien sûr, quand on passe la nuit à jouer aux cartes, il faut parfois s'attendre à ressembler à un deux de pique le lendemain. Sa vue est brouillée, comme ses œufs, mais ce n'est pas véritablement à cause de sa très courte nuit. C'est plutôt parce qu'il n'a pas encore mis ses verres de contact.

D'un œil averti, il met seulement trois secondes à lire le message car, mine de rien, le chevalier a suivi des cours de lecture rapide chez *Easy Reader*.

— Oh ! non, s'écrie-t-il, pas encore une princesse à délivrer ! Moi qui voulais prendre une semaine de congé. Ce sera la troisième ce mois-ci. Franchement, la vie de chevalier, c'est assez routinier. Mais puisque c'est la fille du bon roi Guillaume 28 que j'aime tant, je vais y aller. (Guillaume 28, car 28, c'est la note (normalisée en plus !) que le roi a eue lors de son dernier examen royal. Le prof a, par la suite, été congédié…

Chambly dépose la lettre sur la table et entreprend de répondre au roi. Il prend sa plume d'oie, la trempe dans l'encre venue directement de Chine, courbe l'échine et écrit :

*Votre Majesté, j'accours immédiatement après avoir pris ma douche, m'être lavé et brossé les dents, joué avec Mario Bros, brossé mon pantalon, brossé mes cheveux, brossé mes bottes et brossé mon cheval. Je m'habille, je me rase, je me peigne, je me parfume légèrement, je me gargarise, je lis mon horoscope, je range la vaisselle*

*dans le lave-vaisselle, je passe l'aspirateur, je donne des ordres aux domestiques, j'arrose mes plantes, je choisis mes numéros pour le prochain tirage du Lotto Max, je me rends à l'écurie, je donne à manger à mon cheval, je le selle, je lui parle et je lui flatte le museau. Finalement, je l'enfourche et je galope subito presto vers votre beau château matantirelirelire, matantirelirelo !*
*Et je signe :*

Votre tout dévoué,

Charles, chevalier de Chambly,
et agent libre.

Tambour battant, les trompettes annoncent l'arrivée du beau chevalier Charles de Chambly qui monte majestueusement son beau cheval blanc... brun, noir et roux... (Certains sont déçus par la couleur du cheval, mais Chambly, lui, en est satisfait. C'est tout nouveau. C'est un Mustang acheté en solde dans un marché aux puces. Ce sera à la mode dans tout le royaume d'ici quelques mois.)

Chambly descend de cheval. Le roi descend quelques marches.

— Ah ! mon brave chevalier de Chambly.

— Oh ! mon bon roi, qu'il y a longtemps que je ne vous ai vu, Votre Majesté !

La reine Véronique 92 (eh oui ! même en ce temps-là, les filles étaient meilleures que les gars... à l'école), un papier-mouchoir triple épaisseur de marque Royale à la main, les yeux dans l'eau, implore du regard le courage du chevalier. Elle lui tend ensuite sa main toute baguée.

Le chevalier sage et nouille, s'agenouille et porte à ses lèvres la main royale pour y déposer l'ombre d'un baiser, car nul ne peut toucher à la reine sauf le roi.

— Passez donc au salon, nous allons causer affaires, mon jeune ami.

Une fois dans le salon, le roi, sa femme et le petit prince sont venus chez moi pour me serrer la pince, ♪ ♫ ♭ ♩ je m'égare. Je reprends. Une fois dans le salon, le roi, la reine et leur inséparable bouffon s'assoient devant le chevalier.

— Eh bien, dit le roi, au prix où est l'essence, je n'irai pas par quatre chemins. Une ravisseuse pas ravissante du tout, Alice Maléfice, pour ne pas la nommer, a enlevé ma fille. J'aimerais que vous la retrouvissiez... la retrouvassiez... la retrou..., que vous nous la rameniez saine et sauve. Excusez-moi, c'est l'énervement, l'angoisse. Je dors si peu.

— Moi aussi, Votre Majesté !

— Or donc, c'est combien ? demande le roi.

Le chevalier de Chambly regarde durant quelques instants la couleur du plafond qu'il faudra repeindre l'été prochain, puis jette nonchalamment un chiffre en l'air.

— Disons, 50 000 écus.

— Cinquante mille écus !

— La TPS, la TVQ, les frais de déplacement et les assurances sont inclus, il va sans dire…

— Je comprends, mais vous ne trouvez pas cela un peu cher ? Il me semble que vos tarifs augmentent de semaine en semaine. Pas plus tard que le mois dernier, le roi Dominique 90 [lui, c'est l'addition de ses notes en mathématiques (14), en français (23), en éducation physique (30), en anglais (10) et en géo (13)] me confiait que cette entreprise ne lui avait coûté que 35 000 écus.

— Cela est vrai, dit le chevalier de Chambly, mais sa fille est moins jolie que la vôtre.

Le roi et la reine rougissent un brin. Le bouffon, lui, voit venir le chevalier de très loin.

— N'y aurait-il pas moyen de négocier un peu ? souffle la bouche royale.

— Bien sûr, je vous écoute. Je suis ouvert à toutes vos propositions.

— Moi, dit le bouffon, je suis ouvert de neuf heures à cinq heures.

— Disons alors 36 000 écus, suggère le roi.

— 49 000, ce serait mieux, dit le chevalier, un peu serré dans son budget et dans son armure.

— 37 000 écus et n'en parlons plus...

— Vous servir est un plaisir, ô mon roi, mais j'ai acquis avec le temps la mauvaise habitude de manger trois fois par jour. Alors, allons-y pour 48 000. C'est mon dernier mot.

— 38

— 46

— B 11

— O 65

— Bingo !

— Diantre, l'ennemi est en vue !

— Crotte de bique, mon sous-marin est touché !

— Échec au roi !

— Rançon : 16 points et le mot compte triple.

— Vous êtes coriace, cher Monarque !

— Que voulez-vous, c'est la vie, dit le roi. C'est la jungle. Les coffres royaux sont souverainement légers en ce moment. J'attends d'ailleurs une nouvelle marge de crédit de la Banque... mais, tout compte fait, je suis prêt à vous offrir 40 000 écus, le domaine du Petitlaclong, un séjour de trois semaines au Mont-Sainte-Anne, une Ferrari, ou... ou... la main de ma fille.

La reine pousse un cri de surprise qui ressemble à ceci :

— **AAAHHiiiihhihiiiikkkkacquoi !!**

Une fois la surprise passée, le roi se penche vers sa femme et lui dit discrètement à l'oreille :

— Ne vous en faites pas, ma chérie, le chevalier de Chambly est un célibataire endurci. Il n'y a donc rien à craindre pour notre fille bien-aimée.

Après quelques instants de réflexion qui semblent une éternité plus deux ans, le bouffon ajoute, pour briser la glace du silence :

— La main de la princesse comprend aussi l'autre, de même que ses bras, ses jambes, son corps... Pour ce qui est de son cœur, on ne sait pas encore, c'est elle qui décidera.

Le chevalier réfléchit toujours, puis, enfin, il sort son livret de banque, sa calculatrice solaire, son petit bloc-notes, et répond :

— Oui, j'accepte avec joie.

Le roi est content. La reine est heureuse.

— Et ça nécessitera combien de jours, cher chevalier ?

— Deux ou trois, tout au plus, répond-il en rejetant, d'un geste chevaleresque, sa longue chevelure en arrière. Tenez, je vous la ramènerai lundi avant midi. Comme ça, la semaine va démarrer du bon pied.

— À la bonne heure ! dit le roi. Je suis si content d'avoir conclu cette affaire que je vous prête mon fidèle bouffon pour vous aider à la retrouver. Il pourra vous être d'un grand secours, vous savez. Il peut transporter la rançon, vous raconter quelques farces chemin faisant et, qui sait, faire la cuisine peut-être. Ce sera un agréable compagnon, vous verrez. De toute façon, vous connaissez le proverbe : Un grand chevalier ne voyage jamais seul.

Le chevalier de Chambly accepte la proposition de bonne grâce.

— Tenez, dit le roi, voici la valise qui contient la rançon. N'ayez surtout pas la bonne idée de vous enfuir avec sans ramener la princesse.

— Mon bon roi, la tentation est toujours grande mais, comme le disait si bien Ali Baba à ses quarante voleurs : « Bien mal acquis ne profite jamais ».

La reine embrasse son roi sur les deux joues tellement elle est heureuse de prendre congé de son bouffon pour quelques jours. Ses farces lui donnent parfois une migraine épouvantable.

Alors, le roi Guillaume 28, la reine Véronique 92 et une flopée de serviteurs sont là, du haut du rempart, pour les saluer de la main, tant et aussi longtemps qu'ils ne voient plus cet adorable et courageux duo qui ramènera la belle, la jeune et jolie princesse... enfin, c'est ce que tous espèrent.

# 3

Ah ! le vilain coquin !

AVANT D'ARRIVER AU DOMAINE DE LA MÉCHANTE SORCIÈRE ALICE MALÉFICE, il a fallu que nos deux valeureux compagnons traversent plusieurs contrées dont la froide Zambonie.

Le chevalier de Chambly chantonne pendant que le bouffon bouffi lui raconte des histoires qu'il n'écoute pas.

— Et si nous soupions, propose le chevalier affamé.

— Que désirez-vous déguster, Excellence ?

— Je ne sais pas...

— Du bon bœuf au beefaroni préparé par le grand chef Boyardi peut-être ?

— Pourquoi pas !

— J'ai aussi quelques chandelles pour mettre de l'atmosphère. Et, pour le dessert, j'ai apporté des guimauves que l'on pourrait faire griller sur le feu au bout d'un bâton.

— Tiens, c'est nouveau ça ?

— Oui, j'ai rapporté cette idée culinaire lors de mon dernier voyage en Grèce.

— Je veux bien essayer.

Le repas fut prêt en moins de deux et mangé en moins de trois. On n'a pas de temps à perdre.

Après le repas, ils étaient repus et ils ont hésité entre un petit répit et un long repos devant le feu de camp.

Les flammes scintillent et le chevalier s'informe.

— Dis-moi, bouffon, tu as tout de même un prénom ?

— Oui... c'est... c'est Charles.

— C'est trop drôle, le même prénom que le mien !

— Eh oui ! Mais continuez à m'appeler bouffon. Je serai plus à l'aise.

— Très bien. Et tu as une flamme dans ta vie, un amour ?

— Oui, mais c'est un secret. Un grand secret.

— Alors, si c'est un secret, tu me le diras plus tard, ah ! ah ! ah ! Et à part les secrets, que fais-tu ?

— Je jongle avec des balles et avec les mots et j'essaie d'être drôle. Ce n'est pas toujours facile, surtout lorsqu'on est triste. Enfin, c'est un métier comme les autres. Et vous ?

— Moi, je délivre les princesses. Une princesse n'attend pas l'autre. C'est l'enfer, mais je gagne bien ma vie. Bon ! assez bavardé, il faut filer si nous voulons arriver.

Dès que la vaisselle est faite, ils se mettent en route. Ils galopent un bon moment puis, tout à coup, comme par enchantement, la nuit tombe soudainement. Et le ciel s'obscurcit pendant que le mystère **s'épaissit.** Encore quelques foulées et ils arrivent finalement chez Alice Maléfice.

Elle vient d'apparaître devant eux. Méchante surprise ! Grande, élancée, et affreusement laide. Ce n'est pas grave, c'est de mère en fille. Sa robe est noire, ses souliers aussi, ses ongles sont noir foncé, son fard à joue est noir pâle et ses cheveux sont noirs. Même son rouge à lèvres est noir. Et, pour finir, son joli sourire laisse entrevoir quelques dents... noires. Dernier détail : sa chambre est noire, car son père est photographe.

Adossée à un chêne deux fois centenaire, Alice rit comme cent hiboux un soir d'Halloween. Et elle est laide comme cent crapauds qui font de l'acné. Mais comme le chevalier et le bouffon en ont vu d'autres, ils n'ont pas peur. Ils n'ont d'ailleurs qu'une seule chose en tête, leur mission qui comporte deux aspects : remettre la rançon et ramener la princesse. Ce qui est au fond assez simple… surtout la première tâche.

— AAAAAAHHHHHAAAAAA !!!!!!!

— Bel accueil !

— C'est pour la rançon ? ricane la belle Alice.

— Non, c'est pour la princesse, rétorque le chevalier.

— AAAHHHAAA ! Quel humour, vous me plaisez déjà, jeune et beau chevalier. Que faites-vous samedi soir ? Hihihi ! Mais passons aux choses sérieuses. Avez-vous la rançon exigée ?

— Bien sûr, sinon, nous n'aurions pas fait tout ce chemin pour rien.

— J'espère que le compte est bon.

— Monsieur le Comte est toujours très bon, annonce le bouffon.

— Cesse tes bouffonneries, balourd, et balance-moi la mallette noire.

Ce qui fut ordonné fut fait.

Après quarante-huit minutes de calculs et de recalculs minutieux, et je retiens deux et j'ajoute un zéro… la sorcière sort de ses gonds et crie comme une autruche effrayée :

— Mais il manque mille écus !! Il manque mille écus !

— C'est impossible ! s'exclame le chevalier. Vous avez dû mal compter.

— Jeune homme, sachez que les sorcières ne se trompent jamais. Mais vous pouvez vérifier si vous voulez.

Vingt-quatre minutes plus tard (ils sont deux...) :

— C'est exact, proclame le chevalier. Il manque effectivement mille écus. Je suis navré.

— Pas autant que moi ! Et que comptez-vous faire, noble chevalier incrédule ?

Chambly plonge sa main dans son gousset et sort mille écus en espérant que le roi le remboursera au retour.

— Tenez, voici vos mille écus, marmonne le chevalier

— Est-ce que nous pourrions avoir un reçu ? demande gentiment le bouffon.

— Hihihihihihihihihi ! rigole la sorcière. Bien sûr ! Récapitulons : la rançon de 25 000 écus est payée. J'en suis heureuse et plus riche. Ahahahahahahaha !!

— Et maintenant, pouvons-nous ramener la princesse avec nous ? Elle doit être morte de peur.

— Elle n'est pas du tout morte de peur. Elle est en train de faire la vaisselle, car elle n'a pas voulu manger ses courgettes au souper.

— Ciel, la vaisselle... la princesse !

— Il faut bien qu'elle se rende utile. Je lui donne le gîte et le couvert. Bon, maintenant que la partie « petit a » du contrat est respectée, passons à la partie « petit b ».

— Quel « petit b » ??

— Je vous regarde et je trouve que vous avez un drôle d'air. La rançon était de 25 000 écus si le chevalier qui venait délivrer la princesse se soumettait à cinq épreuves. C'était 50 000 écus sans épreuves. Il me semble que j'ai été très claire avec Guillaume 28 à ce sujet dans ma deuxième lettre. C'est vrai qu'il n'est pas fort fort en mathématiques, mais ce n'est pas une raison.

— Ah ! le vilain coquin, le radin, l'avare, le grippe-sous ! fulmine Chambly.

Devant la colère du chevalier, le silence fait le tour de la forêt... Pendant ce temps, le soleil fait le tour de la montagne (air connu).

— Si j'avais su, je ne serais pas venu, laisse échapper le chevalier, fâché de s'être laissé ainsi berner par le roi.

En effet, Chambly s'est fait avoir comme un amateur et pourtant, il en a délivré des princesses durant sa carrière ! Pas moins de 133 dont 56 sans aide. Une fiche personnelle qui fait monter les enchères facilement. Mais aujourd'hui, pour la première fois de sa carrière, il est coincé sur la bande. Le roi lui a donné une bonne avance sur son salaire. Il doit maintenant faire face à la musique. Et pour l'instant, elle lui défonce les tympans.

— Cinq magnifiques épreuves, relance Alice en se frottant les mains et en salivant un tout petit peu.

— Stop ! je vous arrête. J'ai de l'expérience. Je ne suis pas une recrue. Selon la tradition, c'est toujours trois épreuves et non cinq. Je ne vois pas du tout où vous êtes allée chercher ce chiffre diabolique.

— D'accord, d'accord, petit chevalier, allons-y pour trois épreuves. Je me suis laissé emporter par l'inflation. Cinq épreuves ou trois, au fond c'est pareil, puisque aucun chevalier n'a pu les réussir jusqu'à aujourd'hui. Ils sont tous décédés avant la troisième épreuve. AAAAAhhhhh AAAAA hhhihihi ! Que c'est drôle. Je croule ! Je craque ! AAAAiiiiiiihhhi !

— C'est mourant en effet, répète le bouffon.

— Après la réussite des trois épreuves, nous pourrons ramener la princesse Diana ? demande le chevalier.

— Bien sûr, vous avez ma parole.

— C'est une garantie très mince, souligne le bouffon.

— Oui, mais c'est la seule, clame de plus belle l'affreuse Alice Maléfice en ricanant.

Pressé d'en finir, le valeureux demande :

— Et la première épreuve consiste en quoi ?

— Avant de vous dévoiler la première épreuve, je dois vous dire que, depuis que vous avez pénétré dans ma forêt, le temps s'est arrêté. D'ici un mois, les gens vous auront peu à peu complètement oubliés. La terre absorbera vos corps et vous serez transformés en arbres. D'ailleurs, la forêt en est pleine... Est-ce que ça vous donne une petite idée de la difficulté des épreuves ? Hihihi !

— Moi, j'aimerais devenir un sapin, pour Noël, lance le bouffon d'un ton gai, ou encore, être transformé en arbre à cames en tête dans une automobile et filer à 150 sur l'autoroute.

— Et vous chevalier ? En saule pleureur peut-être ?

— On m'a déjà passé un sapin. J'ai du bouleau sur la planche. Je sais aussi que je risque de frapper un nœud. J'en tremble déjà en me posant l'éternelle question : Hêtre ou ne pas hêtre. Après tout, j'aurais sans doute dû choisir une autre branche que la chevalerie.

— Très spirituel, dit Alice. Mais rira bien qui rira le dernier.

— Hé ! c'est mon émission de télévision préférée ! sursaute le bouffon.

— D'accord, les rigolos. Alors, Bye-bye ! et rendez-vous à la première épreuve. Si vous voulez bien me suivre.

# 4

## La première épreuve*

\* Avertissement :
N'essayez pas de faire comme
le héros de ce livre. Celui-ci est un
professionnel et vous pourriez
vous blesser sérieusement.

C'EST DANS UN LONG ET GRAND RICANE-MENT (mais elle rit toujours, celle-là !) QU'ALICE MALÉFICE OUVRE UN GRAND RIDEAU IMAGINAIRE DE COULEUR... NOIRE. Coup de tonnerre, fumée noire et suffocante, éclairs qui déchirent le ciel, étoiles filantes et j'en passe. Mais il en faut davantage et même un peu plus pour étonner nos deux amis qui en ont vu d'autres, comme je vous l'ai dit au chapitre 3.

Alice fait apparaître un dragon. Elle n'a pas manqué son coup. Il est immense. Il a l'air cruel et méchant. Plus cruel et méchant qu'un ministre des Finances dans un pays en pleine crise économique. Plus grand que la place Ville-Marie. Presque aussi gros que le Stade olympique... mais sûrement plus solide. Bref, en un mot comme en mille, le dragon fait peur. Il rugit. Il crache du feu. Il pète le feu également, car il a l'air dans une forme terrible.

Le chevalier de Chambly est un tantinet impressionné. Il en a vu des dragons dans sa vie, mais comme celui-ci, jamais ! Il se tourne vers le bouffon. Celui-ci regarde ailleurs en sifflotant.

— Ouais, la tâche ne sera pas facile, même avec mon épée magique.

Tandis qu'il dégaine, la sorcière se retire sur la pointe des pieds en... riant.

Chambly brandit son épée bien haut et la fait tournoyer autour de sa tête pour effrayer la bête.

Rien à faire, on dirait qu'elle est myope. Mais quelle haleine de bœuf ! Elle empeste à cent lieues à la ronde. Il faudrait une mer de pâte dentifrice ou un océan de rince-bouche pour en venir à bout.

Deux heures plus tard. Huit cent vingt-quatre coups d'épée bien comptés dans les flancs, la gorge, les jambes et au cœur, le dragon est toujours debout et plus en forme que jamais.

— C'est absolument décourageant !

Le bouffon observe silencieusement la scène. Il regarde en hochant la tête son maître fourbu, fatigué, prêt à tout laisser tomber.

— C'est un dragon vachement coriace, laisse-moi te le dire !

— C'est ce que j'ai cru remarquer, fait remarquer le bouffon qui ne présente aucune marque sur son corps.

Essuyant une vilaine blessure, Chambly demande :

— Tu n'aurais pas une idée toi, bouffon, pour venir à bout de cette première épreuve ? Je sens déjà que mes forces me lâchent.

— Mais oui, Messire, il fallait me le demander plus tôt.

Le bouffon se lève et, comme Confucius, mes amis, il caresse son menton en disant sagement :

— La violence ne mène à rien !

— C'est bien joli les grands principes, mais que me proposes-tu à la place ?

— Si la violence est inutile, c'est que la douceur a bien meilleur goût.

Le bouffon sort de sa poche une flûte traversière. Il la porte à ses lèvres et commence à jouer une berceuse irrésistible.

Dès les premières notes, les paupières du dragon s'alourdissent. Se ferment peu à peu. Les yeux clos, il a l'air si gentil, l'animal. Brave petite bête, va !

Pour porter le coup final, car Chambly déteste rester là à ne rien faire, il sort sa guitare et entonne une berceuse inédite qu'il compose sur place. Décidément, ce chevalier a tous les talents !

Fais dodo gentil dragon
Dans ton beau lagon
Alice sera en furie encore
Mais toi, dors, dors
Fais de beaux rêves
Étends-toi sur la grève
Nous te réveillerons demain matin
Vers sept heures vingt.

— Et voilà le travail ! dit le bouffon, fier de son coup.

— Génial ! Tu as été tout simplement génial. Sans toi, je ne sais pas comment nous aurions pu réussir.

— Ce n'est rien, dit le bouffon en rougissant. Ce n'est rien. Je n'ai fait que mon devoir.

La joie est de courte durée cependant. La sorcière Alice fait irruption près du dragon qui ronfle.

— Je ne vous dis pas bravo pour cette première réussite. Je ne suis pas ici pour vous féliciter, mais bien pour vous mettre des bâtons dans les roues et vous annoncer la deuxième épreuve. Et, comme disait le poète : elle n'est pas piquée des vers, celle-là.

# 5

Soirée d'enfer ou la deuxième
et seconde épreuve
assez éprouvante, merci !

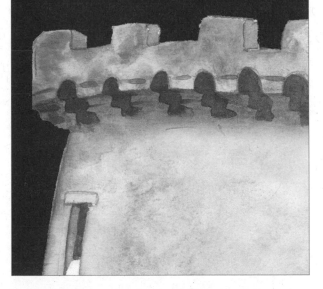

LA SORCIÈRE ALICE EST TOUTE SOURIANTE. LES ÉPREUVES QU'ELLES A MIJOTÉES SORTENT DE L'ORDINAIRE. D'un geste large, avec sa cape... noire, elle fait apparaître dans les bras du bouffon un magnifique poupon. Tout rose, tout dodu. Beau comme un ange.

— C'est votre enfant ? questionne le chevalier.

— Vous voulez rire. Je déteste les enfants. Je les mettrais en conserve ou dans le placard des vilains cauchemars durant trois mois. Non, non, ce bébé représente votre deuxième épreuve.

Le chevalier de Chambly et le bouffon pouffent de rire. Un nourrisson, un gentil bébé de quelques mois comme deuxième épreuve ! Ils sourient, ils sont aux anges.

C'est du tout cuit. C'est du gâteau comme disent les pâtissiers.

— Bon, je vous laisse l'enfant jusqu'à minuit. Je dois aller au cinéma voir le film *Les sorcières de Longueuil* avec une amie. Il m'en reste encore, imaginez-vous ! Lorsque je reviendrai, à minuit...

— Pourquoi si tard ? interroge le bouffon avec un air paternel.

— Parce qu'après le film, j'ai un petit compte à régler avec une fille qui a les deux pieds dans la même bottine et qui s'appelle Cendrier... Cendrillon, enfin, je ne sais plus. Toujours est-il que lorsque je reviendrai sur le coup de minuit, il faudra que cet enfant dorme à poings fermés. Est-ce que vous me comprenez bien ?

— Bien sûr et en plus et en outre, nous ne sommes pas sourds, rétorque le bouffon.

— Je constate que vous êtes d'excellente humeur... mais ça ne devrait pas durer. Ah hahahahaha hihihihi hohoh ! Comme vous êtes naïfs ! Enfin, dernières recommandations : voici son lit et son biberon, défense de fouiller dans le frigo et de parler durant des heures au téléphone avec votre petite amie. À mon retour, si vous avez réussi à endormir cet enfant, ce dont je doute fort, je vous donnerai en prime cinq écus pour l'avoir gardé. AAAhhh ! Ça vaut bien ça ! Hihihi !

Et Alice Maléfice disparaît, comme elle est venue, dans le plus parfait silence, emmenant avec elle ses douze chats noirs qui la suivent comme son ombre. Ils la suivent parce que c'est elle qui a dans ses poches les boîtes de *Délices au poulet des mers du Sud,* le Choix du vice-président [MC].

Mais il ne s'est pas écoulé une pauvre petite et minuscule minute que le fou du roi sent quelque chose qui dégouline le long de son ventre bien rond. Quelque chose qui a une drôle d'odeur d'œufs pourris et de poissons pas frais, mêlée au parfum nauséabond de vingt sacs d'ordures laissés sur le bord du chemin durant un mois. Bref, une odeur de caca, de merde, de chitte, de c-a-c-a, de kaka !! On peut toujours l'écrire comme on veut, ça sent toujours la même chose.

Chambly demande alors à son compagnon.

— As-tu pris un bain ce mois-ci ?

— Pas plus tard que la semaine dernière, ô mon maître.

— Si ce n'est pas toi. Si ce n'est pas moi... C'est donc lui !! dit le chevalier au nez fin en montrant du doigt le nouveau-né.

C'est lui à n'en point douter. Le bébé affiche une mine innocente, mais son odeur le trahit.

— Avez-vous déjà changé une couche, Baron ?

— Êtes-vous fou ?

— Oui, justement, c'est moi le fou à la cour du roi Guillaume 28.

— J'avais oublié votre véritable métier. Ce n'est pas ce que je voulais dire. Changer une couche, mais jamais de la vie ! Jamais, au grand jamais ! Un chevalier combat des lions, des dragons, fait face à mille dangers, mais jamais il ne s'abaisserait à changer la couche d'un bébé... surtout si elle est pleine !

Mais voilà que le bébé s'impatiente. Il se met à crier doucement, mais bientôt de plus en plus fort. DE PLUS EN PLUS FORT. À un point tel que les tympans des nouveaux gardiens sont soumis à rude épreuve. Le chevalier n'en peut plus. Le bouffon non plus. Et moi aussi. Et vous ? Vous n'entendez rien ?

— Il faut faire quelque chose, et vite.

— Oui, il faut passer à l'action.

— As-tu une couche ?

— Oui, elle est ici.

— Donne-la-moi.

Pendant qu'on s'active autour de lui, le bébé crie encore de plus belle. C'est insoutenable.

— Il pleure et il crie parce que sa couche qui est pleine de... l'incommode, dit le chevalier en empoignant une poignée de papiers-mouchoirs.

— Il doit aussi avoir les fesses toutes rouges et souffrir de vilaines démangeaisons.

— Ça va aller, mon petit bébé. Ça va aller. Tonton Chambly s'occupe de tout avec tonton bouffon. Dans quelques minutes, tout ira mieux.

Une fois les fesses lavées, la crème contre l'irritation appliquée, la couche changée accompagnée de trois petits becs dans le cou et sur les orteils du chérubin, celui-ci est heureux. Il sourit de toutes ses dents. C'est facile, il n'en a qu'une.

— Et voilà, tout est pour le mieux dans le meilleur des mondes ! s'écrie Chambly en riant. Décidément, la sorcière n'est pas très forte.

— Je ne chanterais pas victoire trop vite, si j'étais vous, Vicomte. Elle doit sûrement nous mijoter un de ses affreux tours. J'ai vu tantôt la grosseur de son sac et je parierais un vieux jambon non désossé contre n'importe quoi qu'elle a plus d'un tour dans son sac.

— Tu as sûrement raison, bouffon. Mais, regarde comme il est adorable. Franchement, je ne pensais pas qu'un bébé, ça pouvait être aussi charmant et irrésistible. Non, mais tu as vu ses beaux yeux bleus et ses petits pieds si mignons...

— Oui, et il en a deux en plus...

— Et ces belles joues roses, ses petites mains potelées...

Pendant qu'ils s'extasient sur sa beauté et sur son charme, le poupon grimace légèrement, puis ses lèvres tremblent un peu, ses yeux sont au bord des larmes...

— Mais qu'est-ce qu'il a maintenant ? Tout va pourtant bien. Sa couche est changée, il ne devrait plus y avoir de problème. Décidément, je ne comprends rien aux enfants.

— Au secours ! Y a-t-il un médecin dans la salle ?

Il y a vraiment de quoi crier au secours, car le bébé pleure maintenant à chaudes larmes. Il hurle comme cent chiens qui aboient devant la caravane qui passe dans le désert. Il beugle comme ce n'est pas permis. Il gagnerait la première place dans le *Livre des records*. Il crie si fort qu'il pourrait enterrer le bruit des chutes du Niagara. Il crie plus fort que cent groupes de musique *heavy metal*. Il crie, il crie, est-ce que je vous l'ai assez écrit ?

— Que va-t-on faire ? se demande le chevalier.

— Si on lui racontait une histoire.

— Bonne idée !

— Une histoire qui commence par : On

a enlevé la princesse ! On a enlevé la princesse ! crie un bouffon. Il est sept heures trente-deux du matin et...

— Mais non, pas cette histoire-là, bouffon. On n'en connaît pas encore la fin.

— Vous avez raison, Amiral.

Le chérubin pleure encore. Après l'avoir fait boire et manger, lui avoir fait faire son rot... après l'avoir promené gentiment de long en large dans la cuisine, lui avoir lu un livre, après lui avoir joué un spectacle avec les marionnettes Jos et Henri, après lui avoir frotté le bedon... oui, le bébé pleure toujours, encore et toujours. La situation désespérée est désespérante.

— J'ai une autre idée, s'exclame le bouffon. Et si on lui chantait une berceuse ? Après tout, cela a fonctionné avec le dragon.

— Bonne idée ! On pourrait la chanter en canon peut-être, pour couvrir ses cris.

Le bébé est rouge de colère et son visage est couvert de larmes. Et ce ne sont pas des larmes de crocodile. Le temps passe. Il est près de onze heures trente. Trente minutes seulement pour le calmer. Trente petites minutes pour accomplir cette deuxième épreuve. Quand on y songe, ce n'est pas beaucoup. C'est peu même, car le temps passe et ne revient jamais (méditez là-dessus).

— Alors, allons-y pour une berceuse, car on n'est pas à une berceuse près : Un, deux, un deux trois quatre :

Fais dodo gentil bébé.
Fais dodo t'auras ce qu'il faut.
Tonton Chambly te mettra au lit.
Tonton bouffon te caressera le bedon.
Cesse de pleurer comme ça.
La vie est plus belle que ça.
Tu verras quand tu seras grand,
En attendant,
Cesse de pleurer
Sinon, la deuxième épreuve,
On va la rater.

Rien à faire. Aucun résultat. Il n'entend rien. Quarante-cinq berceuses plus tard, choisies parmi les plus belles et les plus endormantes de la planète et le charmant enfant ne dort pas du tout. C'est décourageant. Il y a de quoi remettre sa démission. Mais nos deux valeureux compagnons résistent et tiennent le coup.

— Quel âge a-t-il d'après toi, cher bouffon ?

— Cinq mois environ, l'âge des premières dents.

— Qu'est-ce que tu as dit ? Répète.

— J'ai dit cinq mois environ, l'âge des premières dents.

— Mais c'est ça, mon vieux. Tu as la clé de l'énigme. Il fait ses dents ! Nous devons donc lui masser les gencives ou encore lui donner quelque chose de dur à mâchouiller. Ô miracle, j'ai la solution miracle dans mon sac. Un flacon... un flacon de Dentigel. Un remède magique pour soulager les maux de dents des bébés. J'ai acheté ce produit hier soir, justement avant de partir, car mon poulain, enfin... c'est une longue histoire, je te la raconterai plus tard, car le temps presse.

— C'est super, je vais continuer de le bercer pendant que vous appliquerez ce remède de cheval, c'est le cas de le dire.

Eh bien ! croyez-le ou non, ce cher chérubin, cet enfant des anges s'est endormi sans dire un mot. Il avait suffi d'une nouvelle couche, d'un peu d'onguent, d'une petite berceuse, de beaucoup d'amour et de vingt kilos de patience pour venir à bout de cette deuxième épreuve.

En arrivant à minuit et demi comme prévu, la sorcière entre dans le salon, mais elle entre aussi dans une formidable colère. Car le spectacle est affreux.

Les deux lascars sont là. Bien étendus dans le salon, ronflant comme des écureuils en vacances. Et entre ces deux individus, un enfant mignon comme tout dort à poings fermés.

La sorcière a perdu la deuxième manche. Mais pas la robe ! Malheureusement, elle sait fort bien qu'elle n'est pas au base-ball et qu'il n'y aura pas neuf manches.

La colère de la sorcière est démesurée. Elle les traite de tous les noms. Par politesse et parce que je suis bien élevé, je m'abstiens de vous en faire l'énumération. De toute façon, sachez que cette liste d'injures ferait deux fois le tour de la terre. Ce qui est peu dire.

Et le bouffon, qui a le sens de la repartie, lui murmure :

— Le film n'était pas bon, Alice ?

— GGGrrrr !

Après cette réponse pleine de poésie, en route maintenant pour la troisième et dernière épreuve... et notons que Charles de Chambly a bon cœur, puisqu'il s'est abstenu de demander les cinq écus promis par Alice.

# 6

## La troisième et dernière surprenante épreuve

POUR TOUT VOUS REDIRE, ALICE MALÉFICE N'EST PAS DANS UNE FORME SPLENDIDE. Elle a très mal dormi et le chevalier de Chambly, naïf, se demande bien pourquoi.

Il fait beau. Le ciel est bleu. Les petits oiseaux chantent. La rivière gazouille. Tout est parfait pour nos deux héros.

— Bon, finies les folies ! annonce Alice. Fini de rigoler et de vous payer ma tête. Vous allez voir de quel bois je me chauffe à présent.

— Moi qui croyais que vous chauffiez à l'électricité ! souffle le bouffon.

— Cessez vos pitreries. Passons aux choses sérieuses. L'heure est grave.

— En effet, fait remarquer le bouffon en regardant sa montre Fisher Price. Il est plus de neuf heures vingt-cinq.

— Et cessez de m'interrompre à tout bout de champ, vous jouez dangereusement avec mes nerfs...

— Très bien.

— Avez-vous compris ?

— Parfaitement.

— Bon...

Alice laisse passer quelques secondes, puis ajoute :

— Je vous avais annoncé trois épreuves... n'est-ce pas ? Alors, comme la nuit porte conseil, j'ai changé d'idée.

— Ce n'est pas juste !

— Je dirais même, je dirais même plus, c'est injuste, crie le bouffon.

— Je n'en ai que faire de votre sens de la justice. Vous êtes ici chez moi, dans ma forêt, et vous devez y vivre selon mes lois. D'ailleurs, personne ne s'en plaint.

— Je comprends maintenant pourquoi vous vivez seule, dit le bouffon.

— Ce n'est pas une raison.

— Voici donc l'épreuve trois « a », il y aura un « petit b », bien sûr, et ce sera tout. Je vous le promets.

— Oh ! vos promesses, vous savez, hum !...

— Voici ce que j'appellerais **Des épreuves diverses et divertissantes pour chevalier triomphant facilement de tout.** Mais cette fois-ci, votre bouffon ne pourra pas vous aider. S'il le fait, vous mourrez sur-le-champ ou dans l'escalier selon l'endroit où vous serez à ce moment-là. Voici la liste de ce que vous avez à faire. Il sera dix heures dans quelques minutes. Vous avez jusqu'à minuit pour passer au travers de cette liste. Pas une minute de plus.

— Pourquoi toujours minuit ? C'est une obsession ou quoi ?

Et Alice, faisant la sourde oreille, tend la liste fatidique. Elle est longue. Je l'ai retranscrite pour vous, car la sorcière a une écriture aussi laide que son visage, c'est tout dire.

### Épreuves diverses et divertissantes pour chevalier triomphant facilement de tout.

❑ sortir les poubelles
❑ tondre le gazon en avant et en arrière
❑ faire du sucre à la crème
❑ monter seul un abri Tempo pour deux autos
❑ changer la litière de mes douze adorables chats
❑ réparer les moustiquaires

- ❑ faire mon lit
- ❑ faire la vaisselle, sans oublier les chaudrons
- ❑ peinturer le garage
- ❑ laver mon carrosse et mon balai tout neuf
- ❑ passer l'aspirateur sans faire de bruit... je fais ma sieste à 14 heures
- ❑ faire l'épicerie pour deux semaines
- ❑ coudre les 203 boutons manquants des habits de la garde royale, sans oublier d'enlever les taches de boue et de graisse et les cernes autour du col
- ❑ envelopper un cadeau d'anniversaire convenablement
- ❑ écrire une lettre à un ami malade... sans faire de fautes
- ❑ jouer trois heures au PlayStation et perdre en gardant le sourire
- ❑ faire sécher les chemises de l'archiduchesse dans la sécheuse, car elles ne sont pas encore sèches, archisèches malgré la sécheresse qui sévit à Séville
- ❑ enregistrer au magnétoscope le film de 20 heures au canal 4, celui de 22 heures 30 au canal 15 et me faire un résumé des nouvelles de 23 heures. Bonne chance !

❑ faire un casse-tête de 5 000 morceaux illustrant le pont Champlain à l'heure de pointe.

C'est tout.
Ce n'est pas mal.
Cela aurait pu être pire.

Eh bien ! croyez-le ou non, seul et sans aide, le chevalier de Chambly, le seul et l'unique, le valeureux chevalier avait tout terminé à 23 heures quarante-sept minutes et vingt-trois secondes.

D'accord, il était : lavé, crevé, lessivé, fourbu, fatigué, exténué, épuisé, vidé, courbaturé, moulu, éreinté, mort, défraîchi, vanné. Ciel ! que j'ai du vocabulaire ! Usé, fané, flétri, esquinté, rompu, flapi... fatigué, je l'ai déjà dit, las, surmené, un petit effort encore ; écrasé, au bout de ses forces, mais il était encore debout et vivant !

Puis, il s'est assis sur un sofa moelleux pour reposer sa fatigue. Le bouffon est fier de son maître et... en pleine forme.

— Chevalier, chevalier, vous avez réussi ! C'est magnifique. Êtes-vous fier de votre prouesse ?

— ... non, je suis fatigué.

Déjà – c'est une façon de parler, bien sûr – le chevalier a les yeux mi-clos et cherche un sommeil réparateur.

Soudain, Alice Maléfice ouvre la porte avec fracas. C'est excusable, elle est chez elle, mais c'est très impoli.

— À ce que je vois vous avez encore réussi. Le triomphe vous colle à la peau comme le sucre sur une cuillère mouillée. C'est incroyable. À demain, pour la véritable et dernière épreuve !

Et elle sort en claquant la porte plus fort encore. Chambly sursaute encore.

— Est-ce que je vais enfin pouvoir dormir ? pense-t-il tout bas. Je veux dormir... je veux dormir.

La porte s'ouvre de nouveau dans un boucan d'enfer. C'est encore et toujours la sorcière Alice.

— Oui, dit-elle, oui, vous allez pouvoir dormir, car je lis dans vos pensées comme dans une tasse de thé. Sur ce, bonne nuit, mon trésor !

— Je veux dormir, murmure le chevalier éreinté. Je veux dormir, faire un roupillon, une petite sieste, un petit somme. Fermer l'œil un peu. Fichez-moi la paix ! La paix ! Je veux dormir. Mon empire pour une heure de sommeil.

La sorcière n'est pas revenue. Au fond, Alice est très gentille. C'est d'ailleurs la morale de ce chapitre.

# 7

**Le repos du chevalier ...
qui ressemble comme deux
gouttes d'eau à celui
du guerrier\***

\* Attention :
Passage endormant.

ALICE MALÉFICE EST PARTIE. LE BOUF-
FON DONNE À MANGER AUX CHEVAUX.
LE CHEVALIER CHARLES DE CHAMBLY
PEUT DONC ENFIN DORMIR EN PAIX.

— Zzzzzzzzzzzzzzzzzzzzzzzzzzzzz
zzz (Charles somnole déjà.) zzzzzzzzzzzzz
zzzzzzzzzz ZZZZZZZZ (Il s'enroule dans
sa couverture chaude et douillette.)

— zzzzzzzZZZZZZZzzzzzzzzzzZZzzZ
zzzzzzzzzzz (Il se tourne vers la gauche.)
ZZZZZZZZZZZZZZZZZZZZZZzzzz
rrrrrrronnnnn...tchiiiiou...ronron petitpata-
pon. (Il se retourne vers la droite et enlace
son oreiller.)

— Ron...zzz...ronron...ronn... (Sa respi-
ration ralentit.) Grôôôôôhhhh... zzz...
phrzz... zzzzzzzz (Ses muscles se relâchent.)

Rrrooonnn...pfshuiii (La circulation de son sang devient plus lente.)

— ...zzrrreeuu...nn...ronron...psss sss...zzzzzzz (Chambly dort de plus en plus profondément.)

— RRRôôôôônnnnn...Rhôon. (Il ronfle. Est-ce que vous l'entendez ?)

— Zzzzzzzz...tchiiiioiouou.

Charles ouvre un œil, puis le referme aussitôt. Il se racle la gorge et se rendort aussi vite. ZZzzzzzzzzzz Rooonnn ron ron... ZZZZZZzzzzzz... Quelle nuit... Quelle force incroyable dans ces descriptions. Quelle imagination ! Jamais, dans un livre, un auteur n'a creusé aussi profondément le phénomène du sommeil chez un héros !

— ZZzzzzzzz ronronn schououou oufff... zzzzz scrogneugneu...

Zzzzscrucc...Ronrron...zzz...schoui ttshoushs...hsch...shou...ronron...zzz bla-blablablabla (Chambly parle dans son sommeil, mais on ne comprend strictement rien.) Slupp !!zzzzzzzzz zzzzzzzz zzzZZZz roonnron ronronron zz zzzzzzz zzzzzzz slorp sloppp. Ronron zzzzzzz gasp ! hoc ! hoc ! hip ! (Chambly vient d'attraper le hoquet, ce qui est assez terrible quand on dort.)..zzhoc ! zzzzzzz ronron.... zzzzzhip zzzz hiiipp. Zzzhhh... Ça y est, c'est passé ! zzzz... ronronron reureureureuhhhproutt

proutt ! (Eh ! oui, on peut péter quand on dort.)

Driiiiing ! dring ! Zzzronronzzz dring dreling dreling...zzzzz. Le téléphone sonne, mais ça ne fait rien, il dort.

Drriiiiing ! zzzzzzzzzzzz chuiuiuiiiiipp chui. Chip chip chip chip chip chou bidou-haaaaa. Chip chip chip chip chip chou bidouhaaaaa. Chambly rêve à Céline Dion, elle chante avec lui dans les rues de New York. Il est tard le soir. Ils déambulent tous les deux en se racontant de bonnes blagues en allemand car, pour Céline, l'allemand, c'est du chinois. Parlant de chinois, ils entrent dans un restaurant chinois et commandent à la serveuse égyptienne un numéro deux pour quatre et du pâté chinois. C'est Charles qui va payer, car Céline Dion a oublié, comme toujours, son portefeuille à la maison.

— Zzzreureureuronronronaaahhh ; dormir dans mon lit d'eau. Mon royaume pour un lit d'eau... Zzzzzzz ronronronron dodo-dodododu gros dodo. Le bouffon s'appro-che de lui.

— Sieur de Chambly, c'est l'heure.

— Hhuumm !

— Il faut se lever, c'est l'heure !

— L'heure de quoi ?

— L'heure de se lever, morbleu !

# 8

**Enfin, la dernière épreuve,
et ce n'est pas trop tôt !**

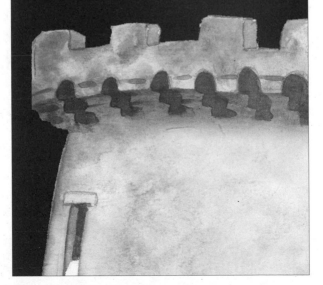

ALICE MALÉFICE EST DANS UNE FORME SPLENDIDE. ELLE A DORMI SES HUIT HEURES. ELLE A BIEN RÉCUPÉRÉ. Quant au chevalier de Chambly, il est dans une forme olympique. En ce qui concerne le bouffon, il est toujours aussi bouffi et boursouflé et il ne pense qu'à bouffer entre deux bouffonneries.

— Bon, enfin, la dernière épreuve, chantonne Alice en s'allumant une cigarette.

Puis, elle se ravise. Des lecteurs la regardent et ça ne paraît pas bien dans un livre pour la jeunesse. Elle écrase sa cigarette et ajoute :

— Voulez-vous avoir du plaisir ?

— VVOuououououououiiiiii, crient en chœur le valeureux et le comique.

— Voulez-vous gagner des prix ?

— Vvvououououuouououoiiiii !!

— Tant mieux. Voici donc la dernière épreuve. Elle est simple comme bonjour. Il s'agit de réveiller la Belle au bois dormant.

— Mais elle n'est pas réveillée depuis un bon bout de temps déjà ?

— C'est ce que tout le monde croit, répond Alice. Mais il reste encore tellement de jeunes filles qui rêvent et qui croient au Prince Charmant que c'est pour cette raison qu'il en existe encore. Que voulez-vous, tout change, mais pas tant que ça ! J'ai d'ailleurs quelques centaines de filles qui somnolent dans le fond de mon jardin, mais je ne vous en ferai réveiller qu'une. C'est déjà assez difficile comme ça.

— Pas d'attrape-nigauds, cette fois-ci ? demande Chambly.

— Non.

— Pas d'entourloupettes ?

— Non.

— Pas de « petit a » ?

— Nooon.

— Promis, juré, craché ?

— Oui, oui, oui, mon gros lapin. Promis, juré, craché.

Et la sorcière crache par terre, à la grande surprise de nos deux héros.

Pour des raisons d'hygiène et pour ne pas écœurer les âmes sensibles, mon éditeur me demande de ne pas décrire ce crachat visqueux, gluant, verdâtre et dégueulasse qui lève même le cœur de ceux qui n'en ont pas. Ce que je ferai de bonne grâce... si je veux qu'il me reste encore des lecteurs jusqu'à la page 98.

— Après, vous me conduirez chez la princesse Diana ?

— En carrosse, c'est promis. Si vous réussissez bien sûr. Car pour tout dire, je suis un peu fatiguée de toujours perdre. Moi aussi, j'ai mon amour-propre. Je tiens à ma renommée. Mais, je dois vous avertir : la Belle n'est pas facile à réveiller. Elle dort depuis trois semaines à la suite d'une peine d'amour. Bien entendu, vous n'avez qu'une seule chance pour la tirer de son sommeil. Si vous ratez votre coup, vous savez ce qui vous attend.

— Non, pas vraiment...

— Ça ne fait rien. Vous le saurez en temps et lieu.

— Où est maintenant cette Belle qui dort et dont j'entends les ronflements jusqu'ici ? On dirait un Boeing 747.

— Elle est là... mais il faudra faire la queue comme on dit, car vous n'êtes pas le seul à lui vouloir du bien.

De son long manteau fait de peaux de rats (c'est beaucoup moins cher que le vison et c'est de la même couleur), la sorcière Alice étend son bras pour former un vaste rideau. Puis, après son éternel jet de lumière la Belle au bois apparaît... tandis qu'Alice disparaît.

Alice, qui n'est pas toujours menteuse, l'avait bien dit. Ils ne sont pas seuls. Oh ! que non ! Ils sont tous là, faisant tranquillement la file devant la fille. Chambly et son bouffon sont loin derrière, très loin derrière : Spirou, Mario Bros, Lucky Luke, Achille Talon, Charlie Brown, Léonard, Fantasio, Gaston la Gaffe, Titeuf, Astérix, Obélix, Tintin, le capitaine Haddock, Kid Paddle, Valérian l'agent spatio-temporel, Dick Tracy, Roger Rabbit, les frères Dalton et Où est Charlie. Au fait, où est Charlie ? Et je ne compte pas tous les princes qui font aussi la queue comme le Prince de Matagami, le Prince de la Poutine, le Prince-sans-rire, le

Prince-Monseigneur, le Prince Hip, Prince, le chanteur, le Prince Arthur, Prince-moi-si-je-rêve et une foule d'autres.

Le chevalier de Chambly avance à petits pas. Il songe. Il réfléchit. Il pense. Tout le monde échoue. Mais lui ne veut pas. Il ne peut pas. Il ne doit pas. Ce serait trop bête d'échouer à la dernière épreuve alors que les preuves sont faites. Il veut réussir. Le bouffon le suit et l'imite dans ses moindres gestes.

— Vous avez une idée, Patron ?

— Oui, je la laisse mijoter. Qu'est-ce qui pourrait bien réveiller cette Belle au bois dormant qui ne semble pas tout à fait comme les autres ?

Tout le monde a tout essayé, on dirait. Dick Tracy avec son baiser à bout portant, le baiser timide de Gaston LaGaffe, rien à faire ; le baiser sur le sourire par Léonard, le baiser froid de Goldorak sur les lèvres, le baiser distrait de Tournesol, le bec mouillé du capitaine Haddock, les baisers volés des frères Dalton, le gros baiser d'Obélix, le baiser électronique de Mario Bros. Les baisers dans le cou, sur l'épaule, la cuisse, la main, le poignet, le bras se sont succédé, mais rien. Le néant. Aucun résultat positif. Même Achille Talon y est allé avec un formidable baiser sur le pied.

Rien à faire. La Belle dort toujours comme une bûche.

Mais même les embûches les plus grandes ne sont pas insurmontables aux yeux de notre intrépide et génial chevalier. La Belle est irrésistible et si mignonne dans son beau pyjama. Et, comme toute bonne file a une fin et que toute bonne fille a un fan, c'est finalement au tour du chevalier de Chambly.

Il en profite pour se lancer dans un petit discours pour éduquer cette foule.

— Vouloir réveiller une fille en l'embrassant, c'est dépassé. Nous ne sommes plus des barbares. C'est terriblement vieux jeu. Ce n'est plus à la mode. D'ailleurs, rien qu'à voir, on voit bien que ça ne fonctionne pas. Et les feux sauvages, y avez-vous pensé ? Non, maintenant, les filles préfèrent qu'on les embrasse avant d'aller dormir, c'est beaucoup plus romantal et sentimentique.

Fidèle comme un serviteur fidèle, le bouffon suit le chevalier comme son ombre. Et celui-ci, à la manière d'un grand chirurgien, passe aux actes :

— Tasse, ordonne-t-il.

— Tasse, répète le bouffon.

— Café de Colombie.

— Voilà.

— Un peu de su-sucre.

— Voici.

— Cuillère.

— Et tac.

— Crème 35 %, extra riche et super blanche.

— Et retac.

— Ça devrait commencer à faire son effet.

En effet, le chevalier perçoit un léger frémissement des narines ainsi qu'un faible cillement des paupières de la Belle. Chambly est sur la bonne voie.

— Elle ronfle moins fort on dirait, remarque son assistant.

— C'est vrai, quand j'y pense, on aurait pu inventer le réveille-matin !

— Tu as raison, mais le temps nous manquait. Allez hop ! et maintenant, pour le choc final, passe-moi deux croissants bien frais.

— Et deux croissants bien faits pour Monsieur !

— J'ai dit « bien frais ».

— Ah ! voici deux croissants bien frais.

— Un peu de marmelade d'Espagne.

— Marmelade ? Marmelade ! Je n'ai que de la marmelade de Floride, mon Directeur général.

— Ça pourra faire l'affaire.

D'un geste noble, précis et lent, le chevalier tartine le premier croissant.

La Belle écarquille un œil, puis ouvre l'autre.

— Il a réussi ! Il a réussi ! crie-t-on dans la foule. Il a réussi !!

La Belle se lève en bâillant.

— Où suis-je ? Qui suis-je ? Où vais-je ? dit-elle.

— C'est ce qui arrive quand on dort durant trois semaines, dit le bouffon, on perd la mémoire.

— Vous êtes une Belle qui dormait dans le jardin du bois dormant. Dans quelques minutes, après le déjeuner que je vous ai si gentiment préparé, vous retournerez d'où vous venez pour poursuivre votre vie comme si rien ne s'était passé.

— Ne devrais-je pas vous épouser ?... puisque c'est la tradition.

— Dans un sens, oui... mais dans un autre, non. Comme je suis un sauveur professionnel, ça ne compte pas. D'ailleurs, il faut vous dépêcher si vous ne voulez pas arriver en retard à votre cours de chimie.

— C'est dommage, car vous êtes joli garçon.

— Merci. Et maintenant, ouste les langoustes, j'ai une autre princesse à délivrer aujourd'hui.

— Vous faites du temps supplémentaire, mon Président. Vous allez vous fatiguer.

— Nous n'avons plus une minute à perdre. Téléphonons à Alice pour qu'elle se montre le bout du nez.

— Bye, ma Belle au bois dormant.

— Adieu, beau Prince Charmant.

— Mais je ne suis pas Prince, je ne suis que chevalier.

— Sans doute, mais ça ne vous empêche pas d'être charmant quand même.

— Charmant, oui, mais pressé. Je dois filer. Je vous baise la main et je vous écrirai prochainement. Une autre mission m'attend. On se reverra un de ces quatre, dit le chevalier en prenant congé de la Belle.

— Voici votre téléphone cellulaire, dit le bouffon en lui tendant l'appareil.

Après quelques sonneries, Alice, qui aime parfois faire la sourde oreille, décroche enfin.

— Ooouuiii, Yellllloooow, que puis-je faire pour vous ?

— Nous avons gagné, jubile le chevalier de Chambly. Nous avons gagné, gagné, gagné !!!

— Je sais. Je sais. Je sais, répète Alice. Comme je suis bonne joueuse, permettez-moi de vous féliciter, de vous congratuler, de vous saluer bien bas et de pousser quelques hourras et deux ou trois bravissimo. Si je ne me retenais pas, je ferais la vague, tant mon enthousiasme est grand, fou et débridé.

— Vite, vite, vite, il ne me reste plus que quelques heures avant de délivrer la princesse, et la ramener avant le souper à mon bon roi qui me doit d'ailleurs, soit dit en passant, mille écus.

— Que vous êtes énervé, cher chevalier ! Du calme, voyons. Du calme. Vous devriez suivre le cours du soir intitulé : *Comment gérer son stress*. Venez chez moi, je vais vous expliquer le chemin.

# 9

## Oh ! Charles, mon sauveur !

COMME JE VOUS LE DISAIS, DISAIT ALICE, C'EST TRÈS SIMPLE. Mais je ne peux malheureusement pas vous y conduire, comme je vous l'avais promis. J'ai des courses à faire avec Lucie Phère, une copine à moi. Nous courons les ventes de blanc... de noir, je veux dire.

— Ce n'est pas grave, avec vos explications, nous nous y retrouverons sûrement.

— Tant mieux. Bon, vous allez tout droit durant cinq cents mètres, vous tournez à gauche au feu de circulation, au troisième stop, vous bifurquez à droite, vous faites cent pas, vous traversez le lac Miche, vous faites ensuite deux lieues, vous allez tout droit à travers champs, vallées et forêts, puis vous dépassez la ferme à gauche, mais vous revenez sur vos pas, car vous avez abouti dans un cul-de-sac, ensuite, c'est tout droit durant quelques foulées, vous enjambez l'autoroute et trente arpents plus tard, vous serez en face de la tour où j'ai emprisonné la princesse Diana qui n'aime pas les courgettes et qui les laisse dans son assiette.

— C'est simple comme bonjour !

— Je dirais plus, je dirais même, c'est simple comme une lettre à la poste quand il n'y a pas de grève, ajoute le bouffon.

— Nous y allons donc de ce pas.

— Un instant, chevalier, vous oubliez la clé...

— La clé des champs, la clé de sol ou la clé anglaise ? demande le bouffon.

— Non, la clé qui ouvre le cadenas de la porte de la tour, balourd !

— Que vous êtes gentille ! Vous êtes bonne perdante et vous m'en voyez ravi. Un peu plus et je vous fais un baisemain.

— Mais non, mais non, c'est tout à fait naturel. Allez, vite avant que je ne change d'avis... et bonne chance !

Nos deux amis prennent congé d'Alice et ils ne sont pas fâchés. Ils suivent ses indications à la lettre. Bien sûr, ils ont un peu de mal à traverser le lac Miche, mais ils oublient vite ce petit incident de parcours.

Puis, tout à coup, le bouffon s'époumone :

— Tour ! Tour ! à bâbord.

En effet, grâce à leur lunette d'approche, ils peuvent maintenant apercevoir la fameuse tour où est retenue prisonnière cette chère princesse qui leur fait des signes de joie.

— Allez au triple galop maintenant !

— La partie semble maintenant gagnée, dit le bouffon pour faire la conversation.

— Peut-être, mais il ne faut pas embrasser la princesse avant de la tenir dans ses bras.

— Ô mon maître, que de sagesse, mais ce ne serait pas plutôt : il ne faut pas vendre la peau du sanglier avant de l'avoir tué ?

— Sans doute, mais j'aime bien faire des variantes...

Quelques secondes encore et ce sera la liberté pour la princesse qui ne cesse de crier :

— Oh ! Charles ! Ô mon Charles ! Enfin, c'est toi !

— Mais comment sait-elle mon prénom, celle-là ? se demande Chambly. Je viens à peine d'arriver.

Mais Alice leur a réservé une dernière surprise[2]. Oui, il y a une tour. Oui, il y a une porte. Oui, il y a un cadenas. Oui, le chevalier a encore la clé. Mais ce qui est embê-

---

2. Que ceux et celles qui s'en doutaient lèvent les deux mains... très bien, ramassez votre livre maintenant !

tant, c'est que ce cadenas n'a pas besoin d'une clé pour être ouvert puisque c'est un cadenas... à combinaison.

— Enfer et damnation ! J'aurais dû m'en douter, peste le chevalier devant la porte close.

— Avoir su, je vous aurais prévenu, dit le bouffon.

— Qu'allons-nous faire maintenant ? Si près du but...

— Sire, nous avons traversé avec succès tant d'épreuves que ce n'est pas un petit cadenas qui va nous barrer la route. Cela dit sans jeu de mots.

— En effet, bien parlé, palefrenier.

— Qui dit cadenas à combinaison, dit généralement plusieurs chiffres.

— Exact.

— Donc, ça sera facile à trouver, non ?

— Oui, sans doute, mais j'aimerais bien le faire avant que la princesse ait des cheveux gris.

— Oui, mais avant, il faut essayer. Il faut toujours essayer, sinon nous ne saurons jamais si nous pouvons réussir.

— Tu as raison, bouffon. Bon, procédons par élimination. C'est un cadenas à combinaison, dis-tu ?

— Oui, votre Excellence. Toutes les combinaisons sont possibles.

— Essaie mon adresse.

— ... Ça ne fonctionne pas, Messire.

— Mon numéro d'assurance sociale divisé par tranches de trois.

— ... Non plus, mon cher Duc.

— Ma grandeur plus mon poids ajouté à mon tour de taille.

— ... Négatif, Sergent !

— Le numéro de téléphone de ma pizzéria préférée.

— ... Hélas, triple non, mon Colonel.

— Essaie alors la date d'aujourd'hui : jour, mois, année.

— ... Toujours rien à faire, mon Lieutenant.

— Mon adresse, plus la tienne en ajoutant ton âge.

— Encore un petit effort d'imagination, Caporal.

Trois heures plus tard, c'est le moment de casser la croûte. Le bouffon sort de son sac les sandwichs au sanglier, une cruche de vin doux et quelques petits saucissons et salamis qui ont coûté six cents six sous sans oublier les crudités pour bien commencer le repas, et deux oranges pour le finir...

Soudain, une lime, longue comme ça. Que dis-je, loooooooonnnngggue comme ça tombe de son sac.

— Mais qu'est-ce que je vois ! s'exclame le chevalier affamé, mais pas aveugle. Que vois-je, diantre ? Une lime ! Une lime !!

— Non, sire, ce sont deux oranges. Votre vue s'embrouille, citronnade !

— Mais non. Là, près de ton pied.

— Eh ! oui sire, c'est une lime. J'ai aussi une scie, un tournevis et un vilebrequin. On ne sait jamais, un si long voyage. Mieux vaut prévenir qu'aller quérir !

— Sais-tu ce qu'on peut faire avec une lime, bouffon ?

— Je regarde votre œil noir et je m'en doute bien.

— Exactement. Finies les folies. Vite, à la porte de la tour qu'on en finisse.

Quarante-cinq secondes plus tard, car c'est une lime de qualité, le cadenas a sauté. Le bouffon saute de joie. La porte est grande ouverte. Et devant le chevalier sans peur et sans reproche et sans rien encore dans l'estomac se dressent exactement, parfaitement, faites le calcul : eh oui ! huit cent trente-sept marches ! Ce n'est pas de la tarte. C'est tout un escalier… et il n'est pas mobile si vous voulez tout savoir. C'est haut. Ce sera long. D'autant plus long et pénible que Charles de Chambly a l'estomac dans les talons. Or, tout le monde sait bien que monter les marches de l'oratoire Saint-Joseph, même si on les monte à genoux, ou encore gravir le gratte-ciel de l'Empire State Building avec l'estomac dans les talons, c'est pénible. Essayez pour voir. Juste une fois.

— Il fait noir comme chez le loup dans cette tour, fait remarquer Chambly. Et j'ai bien vérifié, ajoute-t-il, il n'y a pas l'ombre d'un ascenseur.

Puis, le bouffon éclate d'un petit rire nerveux.

— Qu'y a-t-il ?

— C'est la première fois de ma vie que je vois un fou du roi avec un chevalier dans une tour... il ne manque que les pions pour faire échec et mat à cette vilaine Alice.

— Trêve de plaisanteries, bouffon, nous avons assez perdu de temps comme ça jusqu'ici. Reste en bas tandis que je monte. On ne sait jamais. Surveille la porte, Alice pourrait revenir.

— Très bien.

Alors, le chevalier, qui en a vu d'autres, monte une à une les marches qui le séparent de la victoire. Il gravit cet escalier en maugréant et en rouspétant pour la forme, car il se sait proche du but. Il escalade. Il grimpe. Il gémit, mais il monte toujours encore plus haut. Et à chaque pas qu'il fait, il se dit tout bas que c'est une marche de moins à monter. C'est simple, mais il fallait y penser.

Finalement, comme le malheur a une fin, Chambly arrive au sommet. Pas très en forme, mais qui le serait ? Je vous le demande.

Il met la main sur la poignée de la porte. Eurêka ! Il n'y a pas de cadenas. Il pousse la porte. Il l'ouvre toute grande. Il avance son pied droit sur le seuil de la porte. Il ramène son pied gauche près de son pied droit. Il pénètre dans la pièce (non, mais quelle minutie dans la description !). Son regard bleu acier, son regard de héros et de sauveur parcourt la pièce.

Ô, stupéfaction !

Le chevalier est stupéfait.

La salle est vide. Complètement vide ! C'est désert. Désert comme le Sahara ! Il n'y a rien. Pas âme qui vive. Mais où est passée la princesse ? Elle n'est plus là ! Elle est ailleurs. Elle aurait pu au moins attendre quelques minutes de plus. Quelle impatiente ! Quelle impolie ! Chambly est déconcerté.

— C'est impossible, souffle-t-il. Elle était là, il n'y a pas une heure.

Machinalement, pour voir le paysage, il se dirige vers la fenêtre. Il s'en doute bien : une trentaine de draps noirs noués les uns aux autres flottent en bas de la fenêtre. Quant à la princesse, si mince, elle s'est tout bonnement faufilée entre les barreaux. Et le tour est joué. Et la tour est vide !

Puis, le chevalier jette un coup d'œil en bas pour siffler son bouffon et lui faire part de l'affreuse découverte. Et qu'est-ce qu'il voit ? Hum ! Qu'est-ce qu'il voit ? Tous les chiens que je connais donnent leur langue aux chats.

Eh bien oui, exactement.

En bas. Exactement huit cent trente-sept marches plus bas, il y a un bouffon qui embrasse une princesse. Il la tient amoureusement dans ses bras. Et le pire, c'est que la princesse n'a pas du tout l'air de détester ça !

C'est le comble ! Faire des milles, des lieues et des kilomètres pour voir ça !!

— J'en ai vu d'autres bien sûr. Mais cette scène-là, ça bat cinq as et deux bouffons ! fulmine le chevalier.

# 10

**Le retour au bercail**

« SAUTER EN BAS, MÊME SI LE PARACHUTE N'EST PAS ENCORE INVENTÉ, ET L'ÉTRANGLER DE MES PROPRES MAINS. Le trucider. L'aplatir. Lui faire avaler cent vingt vieux crapauds puants et gluants... » Voilà les sombres pensées qui tourmentent et turlupinent le chevalier. Il rumine sa demi-défaite, sa déconfiture en fa majeur, tandis que le bouffon, son compagnon de voyage, son compagnon d'armes qui était devenu son ami, essaie de l'amadouer.

— Chef, ne faites pas la tête pour si peu.

Silence.

— Mon Capitaine, cessez ces enfantillages, que diable !...

Un silence plus long.

— Je ne savais pas que cela vous cha-
grinerait à ce point, mon Commandant.
Sinon je...

Un plus long silence encore, si c'est possible.

— Ô ciel ! avoir su, votre Excellence, que
cela blesserait votre amour-propre... Ah !
que je m'en veux donc. Que je m'en veux
donc, poursuit le bouffon aux côtés du chevalier qui ne cesse de faire du boudin.

— Cessez de faire du boudin, Patron,
car à ce rythme-là vous allez pouvoir ouvrir
une charcuterie demain matin.

Silence de plomb.

Silence de salon de thé.

Silence d'hymne national.

— On ne pouvait pas savoir, ajoute la
princesse. Ce n'était pas pour mal faire.
Loin de là.

Silence de mouche à feu un soir d'été.

— J'aime le bouffon depuis si longtemps,
si vous saviez, renchérit-elle. C'était un
amour d'été qui a duré tout l'hiver. C'est
maintenant un amour grand comme le ciel.
Bleu comme la mer. Immense comme la planète.

Silence de la mer à minuit.

— Mon doux que vous êtes susceptible
pour un chevalier qui sauve douze princes-

ses par mois, pousse Diana. Il n'y a pas là de quoi fouetter un chat.

Le silence se déchire.

Le silence s'effiloche comme un vieux châle.

— J'ai été berné, trompé, marmonne le chevalier. J'ai été le dindon de la farce. Vous êtes belle comme le jour. Belle comme la rosée de cinq heures. Qui sait si mon cœur sensible de chevalier n'aurait pas été troublé à ce point pour que j'accepte finalement de vous épouser. Et, mettre au monde une ribambelle d'enfants au nombre de deux ! Hum ! Qui sait ?

— Mais non. Vous êtes un célibataire endurci. Et ce qui vous plaît dans la vie, c'est le danger. C'est l'action. C'est délivrer des princesses et les ramener chez elle. Votre vie, votre idéal, votre passion, c'est ça. Vous êtes le James Bond de notre époque !

— Oui. Peut-être. Sans doute, répond le chevalier de Chambly, mais il y a des soirs où je rêve d'une cheminée, d'un biberon à donner, d'une couche à changer (pas trop pleine), d'une histoire à raconter. Ce n'est pas toujours drôle de parlementer avec des sorcières qui ont une haleine de bœuf ou de tuer des dragons et des serpents à longueur de journée.

— Vous songeriez donc à rengainer bientôt votre épée, chevalier ?

— Hum ! Accrocher mon épée un jour, il le faudra bien, certes. Mais en attendant, je dois vous dire que je vous trouve très belle et radieuse et charmante et splendide et tout et tout. Et... Et je me demande bien pourquoi...

— Pourquoi quoi ? dit Diana.

— Pourquoi vous aimez ce bouffon qui, de l'avis de tous, est plutôt petit, gros, gras, pas très beau ni très fortuné... Alors que d'autres, pour ne nommer personne, sont plutôt beaux, grands, minces, et riches. C'est à n'y rien comprendre. Mais qu'est-ce qui vous attire donc chez lui ?

— C'est vrai, vous avez raison. Il est plutôt petit, pas très beau et assez gros. Mais le plus beau est souvent à l'intérieur, vous savez. Il s'agit de bien regarder la personne dans les yeux pour le découvrir. Ensuite, il est drôle. Très drôle. Il me fait rire et ça me suffit. Le reste, la beauté, l'élégance, la richesse, je l'ai. Et je peux partager tout ça avec lui.

— Et que dira le roi ? demande le chevalier qui regarde un court instant le bouffon qui, pour une fois, observe un silence de moine.

— Je ne sais pas. Je ne sais vraiment pas... On verra bien.

— Vous comptez l'épouser ?

— Pourquoi pas ! Puisque je l'aime et qu'il m'aime.

— Et qu'avez-vous fait durant tout ce temps ?

— Durant tout ce temps, répond-elle en prenant la main du bouffon, j'ai pensé à lui. J'ai rêvé à lui et j'ai lu. J'ai beaucoup lu parce qu'avec un livre on n'est jamais seul et on ne s'ennuie jamais (Fin du message publicitaire).

Le reste du trajet se fait en silence. Mais un silence plein. Un silence rempli de belles choses. Un silence qui regarde le ciel bleu, les arbres et la couleur de la terre. Un silence qui écoute le chant des oiseaux et le bruit des sabots. Un silence pour goûter le vent qui flotte dans les cheveux et qui caresse le visage. Un silence pour aimer les choses simples qui ont toujours été là, au bout des yeux.

Quelques heures plus tard, le duo, qui est maintenant formé de trois personnes, aperçoit au loin le château du bon roi Guillaume 34 (grâce à ses cours privés, ses notes s'améliorent un peu).

Le retour au château a paru plus court que l'aller. C'est toujours comme ça. En revenant chez soi, c'est plus court. Quel mystère !

On dirait que les soldats n'ont pas bougé d'un poil. Ils sont encore là à faire de grands gestes de la main. Décidément, les gestes de bienvenue ressemblent aux gestes d'adieu. Les trompettes sonnent joyeusement le retour de la princesse.

— Ô ma petite fille, comme tu m'as manqué, dit la reine mère.

— Ô maman ! Papa !

Becs, embrassades, accolades et regards mouillés.

— Comme tu as grandi, annonce son père.

— C'est une blague ou quoi ? Je n'ai été partie que quelques jours.

— Mais tu as maigri par contre.

— Là, tu marques un point car, chez la méchante sorcière, il n'y avait que des courgettes. Et tu sais combien je déteste les cucurbitacées ! (Placez ce mot dans votre prochaine rédaction pour épater votre prof.) Parlant de courgettes, j'ai une nouvelle à vous annoncer.

— Tu vas te marier ! À la bonne heure.

— Mais maman, comment le sais-tu ?

— C'est mon petit doigt, proclame Véronique 92. Il ne me ment jamais. De toute façon, «*Amour, toux, fumée et argent ne peuvent se cacher longtemps*[3]. »

— Toutes mes félicitations, mon cher Charles. Dans mes bras mon gendre ! Vous me voyez heureux de constater que vous renoncez aux biens matériels que je vous offrais pour épouser ma fille.

— C'est que... balbutie Chambly.

---

3. C'est un proverbe français. Pour votre gouverne, les Français ne font pas que des baguettes, des grèves spontanées et du vin !

— C'est qu'il ne s'agit pas du chevalier, Père, mais plutôt de Charles... Charles, notre bouffon, s'empresse de préciser Diana.

— Mais... Mais... Mais...

— Tu te répètes, fait remarquer Véronique 92. La surprise est sans doute grande pour toi, mais pas pour moi. Il y a longtemps que je sais cela. Il y a des regards qui ne peuvent pas tromper une mère. « *L'amour est aveugle et croit que personne ne le voit*[4]. »

— Mais comment maman, tu savais et tu n'as jamais rien dit ?

— J'attendais que ton père s'en aperçoive. Comme tu peux le constater, j'aurais pu attendre encore longtemps.

— Mais... Mais... Mais..., redit Guillaume, encore sous le choc de la surprise. Au fond, ce bouffon est un brave homme et je ne vois pas d'objections.

— Ô Papa ! tu es tout simplement formidable ! Je savais que tu étais un homme à l'esprit aussi large que ton tour de taille.

Le bouffon s'approche pour baiser la main du roi.

— Non, pas de ça entre nous ! Tu fais partie de la famille royale maintenant. Mais j'ai tout de même un sérieux problème.

— Lequel ? interroge sa femme.

---

4. Voir note précédente, à la page précédente, mais dans ce livre-ci.

— Il va falloir que je trouve un autre bouffon.

— En attendant, je pourrai toujours faire le pitre, le comique et le clown de temps en temps. Je pourrai même entraîner le prochain bouffon si vous voulez. Justement, j'ai un cousin au chômage que je vous recommande chaudement.

— Nous parlerons de tout cela une autre fois.

Puis, se tournant vers sa fille Diana :

— Quand désires-tu te marier ma fille ?

— Aujourd'hui, tout de suite, immédiatement, à l'instant, si c'est possible.

— Eh bien ! soit ! En vertu des pouvoirs qui me sont conférés, je vous déclare unis par les liens de l'amour. Et que la fête commence !

— Vive les nouveaux mariés, crie-t-on de toutes parts. Vive les mariés !

Le roi Guillaume 34 qui est déjà sur son 36 pour le mariage de sa fille est sans doute lent à voir les choses mais, par contre, il est rapide comme l'éclair quand il a tout compris.

— Vous resterez bien avec nous pour faire la noce, demande Diana au chevalier de Chambly.

— Évidemment que je vais rester avec vous. J'adore le vin et je ne déteste pas m'empiffrer aux frais du roi qui me doit encore 1 000 écus, soit dit en passant.

Sur ces paroles légendaires, le cellulaire, accroché à la ceinture du chevalier Charles de Chambly, se met à vibrer.

— Oui, oui, c'est bien moi. Qui est à l'appareil ?

— Ici le roi Vincent 76. C'est au sujet de ma fille unique. Elle vient d'être kidnappée par une vilaine sorcière, Aline... ou Alice, je crois. Je n'ai pas bien entendu son nom. C'est le roi Dominique qui m'a donné votre numéro de téléphone et je voulais vous demander si...

— D'accord, d'accord, j'arrive, je connais la chanson. Laissez-moi boire quelques verres de champagne et, comme j'ai une faim de loup, j'aimerais bien me laisser tenter par cette chaudrée de fruits de mer et par ces petites bouchées au crabe et ces huit huîtres fumées ainsi que par la terrible terrine de lapin sans oublier ces ailes de poulet du Kentucky et ces six cailles en guise de hors-d'œuvre. Ensuite, je pense bien avaler quelques tranches de sanglier bien rôties et de jambon d'hippopotame. Et je vais finir le tout en croquant à belles dents dans une bombe Alaska... et je suis à vous, Monseigneur !

— Très bien, je vous attends.

À ce régime-là, le chevalier devra bientôt choisir un cheval plus costaud.

Et, tel que promis, le chevalier sans peur et sans reproche repart sur sa monture en sifflotant un air connu : *I am a poor lonesome chevalier and a long way from home…*

L'heure est maintenant venue de choisir votre propre fin. C'est tout simplement magnifique et ça finit drôlement bien une histoire !

❑ fin

❑ **FIN**

❑ F    I    N

❑ fin

❑ f   i   n

☒ **F    I    N**

# Table des matières
## (en désordre, mais au complet)

7. Le repos du chevalier
   qui ressemble comme deux
   gouttes d'eau à celui du guerrier .......69

4. La première épreuve..............................41

1. On a enlevé la princesse ! ......................9

5. Soirée d'enfer ou la
   deuxième et seconde épreuve
   assez éprouvante, merci !.................... 47

2. Le chevalier arrive sur un beau
   cheval blanc... enfin,
   presque blanc.........................................17

6. La troisième et dernière
   surprenante épreuve.............................59

9. Oh ! Charles, mon sauveur !................87

3. Ah ! le vilain coquin ! ...........................29

10. Le retour au bercail...............................99

8. Enfin, la dernière épreuve
   et ce n'est pas trop tôt ..........................75

# Dans la collection Graffiti

26. *Peau d'Anne*, roman de Josée Pelletier
27. *Orages en fin de journée*, roman de Jean-François Somain
28. *Rhapsodie bohémienne*, roman de Mylène Gilbert-Dumas
29 *Ding, dong !*, 77 clins d'oeil à Raymond Queneau, Robert Soulières, Sélection The White Ravens 2006
30. *L'initiation*, roman d'Alain M. Bergeron
31. *Les neuf Dragons*, roman de Pierre Desrochers, finaliste au Prix des bibliothèques de la Ville de Montréal 2006
32. *L'esprit du vent*, roman de Danielle Simard, Grand Prix du livre de la Montérégie – Prix du jury 2006
33. *Taxi en cavale*, roman de Louis Émond
34. *Un roman-savon*, roman de Geneviève Lemieux
35. *Les loups de Masham*, roman de Jean-François Somain
36. *Ne lisez pas ce livre*, roman de Jocelyn Boisvert
37. *En territoire adverse*, roman de Gaël Corboz
38. *Quand la vie ne suffit pas*, recueil de nouvelles de Louis Émond, Grand Prix du livre de la Montérégie – Prix du public et Prix du jury 2007
39. *Y a-t-il un héros dans la salle n° 2 ?* roman de Pierre-Luc Lafrance
40. *Des diamants dans la neige*, roman de Gérald Gagnon
41. *La Mandragore*, roman de Jacques Lazure
42. *La fontaine de vérité*, roman d'Henriette Major
43. *Une nuit pour tout changer*, roman de Josée Pelletier
44. *Le tueur des pompes funèbres*. roman de Jean-François Somain
45. *Au cœur de l'ennemi*, roman de Danielle Simard

46. *La vie en rouge*, roman de Vincent Ouattara. Sélection White Ravens 2009

47. *Mort et déterré*, roman de Jocelyn Boisvert. Finaliste au Prix du Gouverneur Général du Canada 2009

48. *Un été sur le Richelieu*, roman de Robert Soulières (réédition)

49. *Casse-tête chinois*, roman de Robert Soulières (réédition), Prix du Conseil des Arts du Canada 1985

50. *J'étais Isabeau*, roman d'Yvan DeMuy

51. *Des nouvelles tombées du ciel*, recueil de nouvelles de Jocelyn Boisvert

52. *La lettre F*, roman de Jean-François Somain

53. *Le cirque Copernicus*, roman de Geneviève Lemieux, Sélection White Ravens 2010

54. *Le dernier été*, roman d'Alain Ulysse Tremblay

55. *Milan et le chien boiteux*, roman de Pierre Desrochers

56. *Un cadavre au dessert*, novella de Robert Soulières

57. *R.I.P.*, novella de Jacques Lazure

58. *Un couteau sur la neige*, de Maryse Pelletier

59. *Personne en voit Claire*, novella de Jocelyn Boisvert

60. *Les Ornyx* , tome 1 L'éveil, de Patrick Loranger

61. *Le livre somnifère*, de Jocelyn Boisvert.

62. *Sur les traces du mystique*, (réédition) de Mylène Gilbert-Dumas,

63. *Le visiteur du soir* (réédition définitive), de Robert Soulières. Prix Alvine-Bélisle 1980.

64. *Le chevalier de Chambly* (réédition définitive), de Robert Soulières.

**PROTÉGEONS NOS FORÊTS**

Ce livre a été imprimé sur du papier Sylva enviro 100 %
recyclé, traité sans chlore, accrédité Éco-Logo et fait à partir d'énergie biogaz.

*Le chevalier de Chambly*
a été achevé d'imprimer
sur les presses de Marquis imprimeur
à Cap Saint-Ignace au Québec,
mesdames et messieurs
et c'était en juillet 2010.